Les gestes du temps

Claudine Levéel

Les gestes du temps

Recueil

LE LYS BLEU
ÉDITIONS

ISBN : 979-10-377-8856-6

17 mars au 11 mai 2020

Je dédie ce livre à mes grands-parents qui,
dans mon cœur, seront toujours vivants.

Préambule

Ce temps-là, suspendu, devenait d'heure en heure de plus en plus compact, comme *intraversable…*

Le monde entier se trouvait confiné.

J'errais, seule, aux quatre coins du jardin.

Je ressentais les manques, tous les manques. Et ils me rongeaient. À petit feu. Je suffoquais.

Il me fallait *inventer quelque chose.*

Détourner l'angoisse, faire de cette situation inconcevable une parenthèse insolite, sublimer l'instant.

Après plusieurs jours de sidération face à l'événement, j'ai transformé l'attente et la désolation ressentie en… poésie. Ainsi sont nés ces quelques textes, comme des flocons de soleil, au milieu d'un printemps ténébreux et énigmatique.

Peurs et soupirs, joies secrètes et espoirs timides, jetés au jour le jour sur le décor de mon exil forcé, ont laissé une trace. Défini un chemin. Donné une consistance à cet abîme d'incertitudes et d'étrangeté.

Et ainsi ai-je décelé *les gestes du temps*.

Plumes de lune

Boule d'or
De nuit sage sertie,
Comme un oiseau
Sur le toit blottie,
La lune se recueille.

Et dans le ciel chagriné
Ses plumes éparpillées,
Plumes de lune, les étoiles
Me balbutient leurs pensées.

Ce conciliabule
M'inspire.

Au milieu des bribes
D'or et de lumière,
L'astre majestueux
Veille sur la terre.

Songeuse et nostalgique,
Contemplative et dépitée,
Je tente de me consoler :

« On nous a tout pris,
Le chaos du monde
Et sa libre fantaisie
Mais il nous reste la nuit ».

8 avril 2020

Une brève histoire du temps

Le temps s'invite
Et chuchote.
Il murmure son inconstance et son indocilité.

Suspendu, il se remémore
Les fables, les contes, les récits.
Il psalmodie des chants sacrés.
Il devient prière.

Il sculpte.
Des feuilles de vent, des pétales de soleil.

Il danse sur les rives de la vie.

Le temps se fiche des saisons.
Il regarde les fleurs pousser,
Écarte les branches dénudées,
Se faufile entre les nuages,
Se reflète dans les ruisseaux,
Ouvre les cieux et les rideaux,
Bavarde avec les escargots…
De l'horizon
Il fait une chanson,

Il tourne les pages.

Le temps
Enlace les levers de soleil,
Dessine d'immenses arcs-en-ciel,
Joue à cache-cache
À saute-mouton et à colin-maillard,
S'étonne qu'il soit déjà si tard,
Puis à la tombée de la nuit,
Il se lasse,
Il se pose,
Il trépasse.

Il creuse les rides de l'ennui.

Le temps
Passe
Sans faire de bruit.

Il s'invite et chuchote…

14 avril 2020

Planète hors d'âge

Voilà la terre mise à l'essai,
Éprouvée et testée,
Lestée,
Telle une planète folle
Perdue dans l'univers,
Sans repère,
Sans modèle,
Sans *sagesse innée*.
Lourde de son butin précieux,
Inconsciente,
Insouciante,
Elle dérive,
Navigue à vue.
Elle ne le sait pas,
Et pourtant !
C'est la vie
Qu'elle charroie
Et transbahute sans précaution.
Elle la porte, comme un ventre,
La couve et la met bas.
Les yeux fermés,

Les oreilles bouchées,
Elle crapahute
Avec son fardeau
Fixé sur son dos,
Folle de sa folie
Sans avoir bien compris,
Ni le prix,
Ni la valeur OR
De son trésor.

La terre, mise à l'essai,
Fantasque,
Inconséquente,
Se balade en sifflotant,
Égarée
Parmi les innombrables galaxies.

Imbue de son intelligence,
Sans filets
Elle déambule,
Au bord du vide,
Prête à chuter…

Incapable de doute
Ou même de question,
Elle franchit les lignes
De la gravité
Et se méprend,
Ni désolée,
Ni concernée.

Elle perd la tête,
Perd pied,
Perd son temps,
Permute les bonheurs,
Jongle avec les malheurs,
La terre,
La terre,
Cette planète insensée,
Cet astre
Bouleversé
Et Or d'âge…

15 Avril 2020

Petite musaraigne

Agile
Se faufile
Entre les feuilles séchées
Des tulipes rouges…

Hop,
Elle est partie !

Devenir souvenir

Oser le détachement,
La rupture
Et le renoncement.

Oublier,
M'effacer,
Désaimer,

Partir,
Apprendre à n'être plus.

Transformer mes projets en souvenirs,
Me sentir *déportée*, dans ma propre vie,
Par mon propre destin,
Ou *déplacée*
Sur la ligne d'horizon des miens.

Devenir leur passé.
Constater
Que peu à peu ils se passent
De ma voix,

De ma présence,
De moi…

Je suis arrivée
Dans le futur qui m'attend :
N'être plus.

Et ils l'habiteront sans moi.

Ils savent.
Déjà.

Ma ligne de vie est détournée,
Mon cœur franchit le mur du son,
Survole les tombes
De ceux qui m'ont quittée,
Fait demi-tour,
Revient à la minute délaissée,
Rentre à la maison,
Regarde les photos,
C'était hier,
C'était il y a si longtemps.

Il soupire et espère,
Malgré tout,
Des jours meilleurs…

Propulsé par l'espoir,
Il fait un bond dans le futur,
Il invente.

Il invente ce jour
Où de nouveau,
Enfin,
Mes bras s'ouvriront,
Et de doux petits êtres
Viendront s'y réfugier.

Terre, terre ! disait le marin égaré,

Tendresse ! Tendresse !
Dit l'humain confiné…

Comme une île,
Cet Eden où il fait bon rentrer,

Le pays de la tendresse.

16 avril 2020

À mes fées buissonnières

Toucher du bout de mes doigts
Vos jolis cheveux bouclés,
Déposer de doux baisers
Sur vos têtes parfumées,
Ensemble nous regardions
Ces très beaux livres d'images
Qu'autrefois j'ai feuilletés
Avec vos papas bien sages…

« Il pleut… »[1]
Il pleut… Il pleut…

Il pleut sur le jardin,
Au loin gronde l'orage.

Je vous tenais contre moi.
J'écoutais vos jolies voix,
Je cueillais vos mots d'enfants,
Vos rires, vos pirouettes,

---

[1] « Il pleut… » et « L'Arche de Noé » de Peter Spier, l'école des loisirs.

Pirouette, cacahuète.
Tous les noms des animaux,
Embarqués avec Noé
Vous les disiez avec joie.
Ce voyage diluvien
Dans l’arche pleine à craquer
Vous faisait rêver.
Tandis que le monde soupire,
Moi, je vis de souvenirs
Et je songe avec envie
Au jour où vos bavardages,
Votre joyeuse insouciance
Et vos espiègleries
Détourneront ma souffrance
De cette peine infinie…

17 avril 2020

Brouillis Fouillis

Verte pelouse et fleurs mauves,
Merles noirs et grives grises,
Magnolia habillé de jeunes pousses tendres,
Lilas parme odorant en grappes attirantes,
Glycine dénichée au coin d'une haie sage,
Ravenelles et tulipes caressées par le vent,
Premiers brins de muguet cachés sous les fraisiers,
Mimosa défleuri, bien sûr, c'est le printemps,
Monsieur Crapaud sorti pour une promenade,
Réserve d'eau de pluie délivrée par l'orage,
Patauds bourdons joufflus contents de zigzaguer,
Camélia empourpré, serait-il courroucé ?
Ciel gris cendre luisant traversé de lumière,
Soleil intimidé, tenace il persévère,
Escargots camouflés derrière des branches mortes,
Constamment affairés, musaraignes et cloportes,
Vers de terre travailleurs assidus et discrets,
Fourmis, guêpes, abeilles, papillons, coccinelles,
Insectes par milliers sur des chemins cachés,
Lavandes argentées et toujours parfumées,
Figuier déconcerté, sans feuilles et sans fruits,

Moineaux et rouges-gorges sautillants et pipelettes,
Mésanges élégantes, nourricières à l'affût,
Myosotis fleuris aux couleurs bleues de nues,
Jasmin tout décharné par l'hiver éprouvé,
Genêts jaunes, dorés, belles taches de douceur,
Mouches écervelées titubant d'insouciance,
Petites pâquerettes, blanches et distinguées,
Boutons d'or parsemés au milieu des décors,
Étranges buddleias, farouches forsythias,
Grands arbres protecteurs, arbustes délicats,
Dans ce domaine heureux pourrait errer un chat,
Un humain désœuvré, un renard ou un loup,
Dans ce domaine heureux loin des rois et des fous,
Je survis confinée depuis quatre semaines.
Cette cage dorée m'offre chaque matin
Un brin de sa rosée et console ma peine.
Dans mon joli jardin perdu au Cotentin
Je regarde la vie, noble mais menacée,
S'épanouir, s'étirer. Je rêve que demain
Les portes s'ouvriront et je pourrai danser.

18 avril 2020

Pâquerette

Coquette
Distraite
Sur le gazon dépouillé
On ne voit
Que toi

Cœur de fourmi

Si j'avais un cœur de fourmi,
Ou de mésange,
Ou de poireau,
De laitue fraîche
Ou de grenouille,

Si je chantais comme un moineau,
Une cascade
Ou un ruisseau,
Un coup de vent
Sur mon chapeau
Ferait glisser le temps,

Ce serait beau…

Si j'avais un rêve de vie,
Une tempête à dessiner,
Des couleurs à badigeonner,
À la source du caniveau
Je tremperais mon pinceau,
Des routes libres
Je tracerais,

Ce serait beau…

Si je savais encore aimer
Des mots de joie je trouverais
Pour consoler mes bien-aimés.
Sur le parquet
Encaustiqué de ma jeunesse
Je danserais,

Ce serait beau…

Si j’avais un cœur de fourmi,
Dans le jardin je chanterais.
Avec la cigale réveillée,
Mes provisions je partagerais
Dans un goût de fraternité.

Ce serait beau…

Si demain vient à reparaître,
Comme une trêve ou une fête
Après ces moments suspendus,
Bille en tête je partirai
Et rien ne m’arrêtera plus
Embrasser ceux qui m’ont manqué,

Ce sera beau…

Même avec un cœur de fourmi,
Je ne songerais qu’à aimer.

19 avril 2020

Destin épargné

Une araignée minuscule
Comme une tête d'épingle
S'aventure sur la faïence
Immaculée de mon évier.

Du bout du doigt et d'un seul geste
Sans aucune pitié je pourrais
Mettre fin à son escapade,
La figer pour l'éternité…

Mais

Une pandémie chaotique
A mis du plomb dans ma cervelle.
Je suis devenue romantique,
La vie de nouveau m'émerveille.

De quel droit serais-je cruelle
Envers ce modeste animal ?
En quoi sa vie laborieuse
Serait-elle à ce point banale
Que tout à coup, sans état d'âme,
Je la lui confisquerais ?

Je la regarde évoluer,
Je me sens vraiment attendrie
Par sa touchante naïveté.
Alors en toute sympathie,
Je l'invite à se poser
Sur un brin de feuille de thé
Et je l'emporte avec gaîté
Vers un autre chemin de vie.

D'où venait-elle ?
Où allait-elle ?

Délicatement je la laisse
Sur une belle plante verte
Offerte à la douce lumière
Qui entre alors par la fenêtre.

Elle ne demande pas son reste
Et, sans se retourner bien sûr,
De mon regard elle s'éloigne
Pour se cacher dans le dédale
De la succulente accueillante…

« Un peu de fantaisie, me dis-je,
Et s'il vous plaît, aimons la vie !
Respectons donc les araignées,
Elles sont sans doute nos amies ».

Maintenant je suis attentive
À ces miracles méconnus
Qui peuplent le sol et la terre
Dans une sagesse ingénue.

Je respecte leur existence,
N'abuse plus de mon pouvoir,
Je leur accorde ma clémence,
Ils sont des messages d'espoir.

20 avril 2020

Vent fou

Ce vent fou, comme tu dis, m'empêche de sortir. Il est en même temps très froid. Je grelotte et me pelotonne derrière les vitres du séjour, ce qui me prive de l'odeur des fleurs et du bourdonnement des insectes. Heureusement le soleil est rusé. Il se démène pour venir me retrouver. Il me console. Tout doucement il pénètre mon refuge. Nous jouons ensemble, nous nous tirons les cheveux. Tendrement, il guiliguilite mes orteils. Je souris : il est tellement généreux ! Il ignore toute colère, il se préfère consciencieux, plein de gentillesse envers moi. Il comprend intuitivement que je souffre de rester enfermée et il prend des dispositions en vue de me réconforter. De temps en temps, il rit de bon cœur. Et je l'imite, bien sûr. Je deviens… gouttes de soleil. Perles d'or… Je ne suis plus triste ! Quel tour de force ! Il est doué, c'est évident. Et très coquin. Oui. Du coup, j'oublie le vent. Le froid. Et tous les inconvénients. Je scrute mon univers, pousse mes rêves vers l'horizon. Je surfe sur les reflets dorés des cieux, sur les ondoiements des herbes, sur les coloris des glycines. Je vole. Perchée sur les pigeons, les rouges-gorges ou les gros bourdons. Les vitres ont défini mon territoire, mes yeux ignorent ces limites. De même pour mon esprit indocile et mes inventions oniriques. Merci, soleil ! Tu me délivres ! Le vent fou reste incompétent. Il ne me brise en rien. Il tournoie. Je le détourne et le contourne, je défie le mépris du froid.

Libre et bohème, je me définis, éthérée, je deviens.

Je vis pour que se rencontrent les joies.

Il reste toujours une fenêtre ouverte, un rêve en suspens, un rendez-vous, complice des désirs… Le bonheur se contente de peu et souvent je le remercie. Je ne le cherche plus, je le débusque, il se terre entre les silences et surgit, sorti de leurs plis. C'est excellent, ce rythme, cette musique pleine de vie, tendue vers l'espoir, qui me protège, comme une coquille, un cocon, une mue.

Ce vent fou m'empêche de sortir ?

Toutefois, je reviens de loin, qu'en dis-tu ?

21 avril 2020

(Lipogramme en a)

Merle

Guilleret un merle
Sautille
Arborant fièrement
En son bec
Un ver
Qui
Innocemment
Se tortille…

Aïe aïe aïe !

Douce nuit

Tiens ! Si j'attrapais cette nuit
Tous les mots plus ou moins jolis
Qui passent par ma tête… ?

Wapiti
Serait le premier.

Wapiti, wapiti, mais pourquoi wapiti ?

Un tout petit wapiti faisait pipi derrière le tipi de Mercredi, le joli ouistiti…

Brouette
Serait le deuxième.

Brouette, brouette, mais pourquoi brouette ?
Nénette traîne une brouette emplie de cacahuètes pour nourrir une nuée de chouettes maigrelettes…

Et passe en vitesse, rapide comme l'éclair, le
troisième mot : capharnaüm !
Cafard'nahome...

« Bien sûr ! » Dis-je avec un léger accent.
Capharnaüm :
Tout comme le sous-sol de mon crâne qui, en proie à une certaine agitation, m'envoie pêle-mêle des messages sans intérêt, ou incompréhensibles, aussi mystérieux que le langage des cieux.

Mon souffle collé au lin écru de ma taie d'oreiller se contente du carré noir dessiné par le velux non protégé et trouve là, parmi les couleurs délicates de la nuit, sa raison de résister, continuer, et saluer les aubes décolorées de ce printemps contrarié.

Mon souffle, au fil des mots
Insolites,
Irrationnels,
Désordonnés,
Palpite encore.

Je dors.
Entre deux silences.
Entre deux craintes.
Entre deux songes occultes.

Je dors comme on rame, pour traverser les flots, rejoindre l'autre rive.
Je dors à poings ouverts.
Menacée, prête à bondir, ramassée
Sur l'étendue fripée des laines et des tissus.

Je ne sais plus où sont mes draps,
Ni mes bras.
L'espace se traduit en lettres rassemblées,
À décrypter,
Et à déménager ensuite,
Pour atteindre la porte du jour.

Le jour se lève.
C'est un miracle.

J'ai oublié mes mots, ceux qui ornaient mes pensées engourdies.
Ils m'ont quittée.

Je me lève.
Le soleil l'a fait avant moi.
Ça me réjouit.
Aborder le début de ce matin ambré me sera ainsi plus aisé.

Poésie, dit mon esprit enfin réveillé.

Poésie…

22 avril 2020

Légèreté

Il se teintait,
À peine,
Je scrutais la couleur de ses branches,
J'attendais.

Il prenait tout son temps.

Depuis quelques jours, le changement se précise.
Il a quitté l'hiver,
La discrétion,
L'effacement.

Il s'étoffe.
Il se dessine avec conviction dans le paysage
Et définit son apparence.

Ses fleurs,
Tout d'abord esquissées
En pointillés,
Sont devenues
Légères, cotonneuses,
Aériennes.

Une multitude
De minuscules perles agglutinées,
Roses,
Douces,
Lumineuses,
Habillent sa ramure.
Ses chatons, ainsi formés,
Côtoient le bleu du ciel,
Abritent les rosiers,
Hébergent les oiseaux.

Majestueux,
Il déclare sa joie,
Il célèbre le printemps.

Dans ce bel écrin
De verdure
Qu'est mon jardin,
Le tamaris
S'aventure
Et embellit
De matin en matin....

23 avril 2020

Délicatesse

Étendus en tapis douillets,
Vous ornez la pelouse.
Vous offrez au jardin
Des halos de lumière.
Votre discrétion
M'éblouit.

Je vous regarde,
Époustouflée.
Je guette,
Curieuse,
Vos gestes gracieux
Et intimes,
Votre connivence avec l'astre lumineux.

Le matin, vous ouvrez lentement votre cœur,
Et vos pétales parme
De douceur font tressaillir le mien.
On dirait que
Vous devisez avec le soleil.

Puis,
Tout au long de la journée,
Comme le chat câlin
Qui attend la caresse
Pelage frissonnant,
Vous respirez…
Vos corolles se déploient
Avec délicatesse
En nuances de mauve,
C'est ravissant.

Complices des abeilles,
Des papillons,
Des coccinelles,
Vous donnez à l'espace
Sa profondeur, sa gravité.

Quand vient le soir,
Tout de tendresse assouvis,
Vous vous fermez.
Alors que la lumière faiblit,
De violet vous vous parez
Pour enlacer la nuit.

Quel est donc ce secret qui vous anime ?

Qui êtes-vous ?

D'où venez-vous ?

On vous nomme
Ostéospermum
Ou marguerites africaines.

Il me semble que peut-être
Vous balbutiez
Encore
Ce voyage
Fait pour venir jusqu'à nous,
Oui,
Il me semble,
Si j'en crois le décor
Dont vous me gratifiez…

24 avril 2020

Rouge-gorge

Gorge rouge
Pioupiou
Du matin
Larmes
De destin

Racines

Elles filent en étoile
Ou en toile d'épeire,
À fleur de sol,
Comme des veines
Gonflées de vieillesse,
À fleur de peau.
Elles sillonnent le jardin
Pour rejoindre leurs alliées,
Elles dessinent des chemins
Et se glissent habilement
Entre les herbes sèches.

Noueuses,
Décolorées,
Râpeuses,
Elles tiennent
Minutieusement,
On le dirait bien,
Leur destin en main…

Elles,
Les racines
Du magnifique magnolia
Qui réside
Princier
Au milieu du jardin.

Harmonie,
Communion,
Comme union

Présence
De l'éternité.

25 avril 2020

Éphémère

. Comme la joie,
Comme les sentiments,
Comme les souvenirs,
Comme l'espoir,
Comme la vitesse du vent,

La vie.

Nuage de poussière,
Sur le cimetière,
Il était une autre fois
Ma mère…

La vie
Éphémère,

Comme le désir,
Comme le plaisir,
Comme l'avenir,

La vie

Marche de guingois
Se moque de moi.

Ironique,
Sarcastique,
Onirique,
Nébuleuse,
Ennuyeuse,
Gueuse.
Et parfois, pourtant,
Gracieuse
Comme une danseuse.

La vie éphémère…

26 avril 2022

Peau de chagrin

Angoisse et solitude
Tristesse sans paroles
Errance et hébétude
Je vais devenir folle…

Ce qui me tue,
C'est le chagrin.

Ma peau délaissée
S'étiole,
Soumise aux affres de l'oubli.

Mon cœur
Reçoit ce message
Funeste.
Asphyxié, il suffoque
Et se fige,
Abandonné.

Stigmates.

L'absence de signes dessine les signes de l'absence.

27 avril 2020

Ancolie

Rose
Mauve
Lie-de-vin
Sois jolie
Sauve
Ta folie

Jardin coquin

Jardin malin,
Jardin coquin,

Alors que j'ai le nez
Penché sur les parterres
De douces primevères,
Alors que j'ai les yeux
Orientés vers les cieux
Et que j'attache et taille
Les roses et la glycine,

Toi,
Jardin malin,
Jardin coquin,

Tu fleuris !

Discrètement,
Sans faire de bruit,
La fleur d'arum,
Hier encore emmitouflée,
S'est ouverte
Juste avant la tombée de la nuit…

Alors que je rangeais sagement mes outils
Tout en prenant le temps de bien les nettoyer
Hop !
Tout à coup,
Sans crier gare,
L'ancolie s'est épanouie !

« Ah, mais »
Ai-je pensé,
« Comment fais-tu,
Jardin malin,
Jardin coquin,
Pour révéler tes beautés
Dès que j'ai le dos tourné ? »

À te chérir
Je passe mes journées,
Pour mon plaisir
Tu offres tes secrets.

Ce midi, nouvelle surprise
C'est l'iris mauve tendre
Qui, sous le mimosa,
S'est déployé sans m'attendre
Magie d'un instant joyeux
Mais…

Je n'y ai vu que du bleu !

Décidément,
Jardin malin,
Tu es coquin…

28 avril 2020

Mirage

Douce aubépine,
Fleurs floconneuses,
Jets de lumières parfumées,
Pétales blancs laiteux,
Douce aubépine,
Hôte des haies sauvages,
Disperse son odeur
Envoûtante
Au gré des vents.

Parsemée en bouquets,
Porteuse de perles d'ivoire,
De gouttelettes nacrées,
De feuilles vertes dentelées,
De branches épineuses,
D'inflorescences généreuses,
Naïve et belliqueuse,
Paradoxale et familière,
Elle habille le printemps,
Sublime la campagne,
Délimite les champs.

Oasis de paix,
Mystérieuse,
Cocon où se pose
La fuite du temps,
Après les disputes du vent,
Elle pleure
Les larmes des anges.

29 avril 2020

Au marché

. J'ai rencontré
Des ombres et des fantômes,
Ombres d'humains,
Fantômes de vie
Enfermés en eux-mêmes,
Sourires scotchés,
Blottis dans leur peur
De toucher et de se toucher…

J'ai traversé
Les lignes imaginaires
Tracées pour séparer,
Protéger,
Empêcher,
Les gens qui s'aiment
De se rapprocher…

Mars avait oublié quelques giboulées
Qu'Avril balance aujourd'hui à toute volée
Sur les carreaux et les portes vitrées.

On s'isole,
On se calfeutre,
On se cloître,

Averses et virus
Nous tiennent enfermés.

Au marché, dans le vent froid,
J'ai déambulé.
Cette prudence masquée
M'a déroutée.

J'avais autrefois
Traversé les champs de blé
Et cueilli les coquelicots
De mon enfance.
Ils ont fané.

Les coquelicots ne vivent pas
Sans terre nourricière,
Moi non plus.

Sans tendresse, déboussolée,
Je n'ai plus de larmes à pleurer.
Ce printemps me les a volées,
Je suis désespérée.

30 avril 2020

Tamaris

Poudre de riz
Joli
Chatouillis
Fleuri.

Muguet

Clochettes fragiles
Blanches et parfumées
De vert habillées,
Brins porte-bonheur
Gracieux…

Nuages cotonneux,
Gris et blancs, légers,
Tout pelotonnés,
Poussés par le vent
Capricieux…

Clochettes et nuages
Sagement reliés,
Tendres complicités,
Sous le regard volage
Des dieux…

Poésie absolue
Des lieux.

Dans le jardin
Dès le matin
Se donnent la réplique
Les nues et le muguet
De mai.

1er mai 2020

Le mur

Une feuille de papier,
Cinq minutes d'écriture,
Une pièce d'identité
Et je pars dans la nature,

C'est mon droit.

Mais au bout d'un kilomètre
Je découvre face à moi,
Et ça c'est indubitable,

Un grand MUR
In con tour nable.

Je ne savais pas
Que sur mon trajet,
À deux ou trois pas
De mon toit coquet,
J'allais rencontrer
Ce monstre narquois.

« Passage interdit ! »
Me dit une voix,
Celle de la loi.

Mon territoire est marqué
D'une ligne non tracée
Impalpable et invisible
Mais
Infranchissable.
Elle verrouille l'horizon,
Rend ma balade impossible.
Je suis désorientée.

« Passage interdit ! »
Me dit une voix,
Celle de la loi.

Et dans ma prison ouverte,
Moi je me cogne aux barreaux…

Me voici au bout du monde
Et de l'espace qui m'est alloué.
J'aimerais *tant* que ce mur fonde
Et retrouver ma liberté.

2 mai 2020

Moment

Le temps prend
Tout son temps.
Il
Sculpte ses gestes
En s'effaçant.

Il écrit le présent
Sans virgules,
Gomme le passé
Sans scrupules,
Esquisse le futur
En pointillé,
Jette à l'horizon
Des points d'interrogation
Et s'exclame sans douceur
Sur la quête du bonheur.

Il gesticule
En gestes lents,
Il s'empêtre
Dans les bras du vent.

Et viennent en catimini
Les sonneurs…
Infini
Le temps s'enfuit
D'heure en heure.

3 mai 2020

Deux grives

Vives

S’activent

Dans le jardin

À l’heure

Du festin.

Bal étrange

Sous le masque
Ces univers d'autrefois,
Sourires et grimaces,
Mutisme,
Grincements de dents,
Éclats de joie,
Tus et muselés.

Sous le masque
Embusqués les émois,
Cachées les failles
Au fil des mois,
Retenues les larmes
Pour se tenir cois.

Sous le masque,
Avancer courbés
Mais pas résignés,
Insouciance
Et désir de liberté
Camouflés,
Tristesse et désarroi
Affrontés.

Sous le masque,
Nos vies sages
Protégées,
Nos visages
Dissimulés…

Que sommes-nous devenus ?

4 mai 2020

Chaos nocturne

Pensées matinales
Négligées,
Mythes d'amour
Envolés,
Nuages noirs
Amoncelés,
Neurones en chou-fleur
Recomposés,
Esprit voyageur
Naufragé.

Les cauchemars
Circulent sans papiers,
Ils se moquent bien
Des frontières
Et de la captivité.

5 mai 2020

Pigeon ramier

En costume distingué
Collier blanc
Queue empesée
Sur la pelouse
Picore

Le souffle des mots

Inspire…

Mon souffle
Ne m'insuffle plus
La teneur des mots,
Il ne m'inspire plus.

Expire…

Chercher la cascade,
La source,
Le ruisseau,
Chercher le bonheur
À la source des mots.

Respire…

Je reprends mon souffle
Et
Mon inspiration.

La vie
S’inspire
Des mots
Et de leur
Avenir
Infini…

6 mai 2020

Les ténébreuses

. Gardiennes de la nuit,
Elles survolent le jardin
Sans faire de bruit.

Elles frôlent ma silhouette,
Elles me font pencher la tête
Et s'enfuient.

Je ne suis plus chez moi.
Ces êtres font leur loi
Et je crains les ennuis

Si je reste dehors
Alors que tout s'endort
Sauf les chauves-souris !

7 mai 2020

Lignes brisées

Le fil de mes pensées
Distendu
Se heurte
Aux lignes de mon corps
Contenu.
Un désert sans baisers
Me traverse
Et même si l'odeur
De l'aubépine
Me berce
Je ne suis pas consolée.

7 mai 2020

Pleur d’étoile

Goutte de pluie
L’eau pure
Tombe des nues
Âme
Du paradis

Un deux trois… soleil !

Dans le jardin
Dansaient mes fées
Et mes lutins.
Je les voyais évoluer
Et de bonheur
J'étais comblée.
Puis, contre-temps,
Coup du destin,
La pandémie est arrivée.

Farandoles et galipettes,
Folles chansons à tue-tête,
Cache-cache, loup où es-tu ?
Que fais-tu ? M'entends-tu ?
Et Croco-Miam, à quoi joues-tu ?
Rires et joies, c'était la fête !

Au fil des ans,
Ces doux souvenirs du passé
Dans mes bordures s'étaient enracinés.

Après ce temps de privation
D'absence et de distanciation
Je vais enfin les retrouver,
Mes jolies petites fées
Et mes joyeux lutins…

À cette pensée
Mes yeux se mouillent.

. Quelle drôle d'idée,
Me souffle la grenouille !

8 mai 2020

Gratitude

Si regarder le ciel m'apporte l'élégance
De l'âme,
Si les bleus et les roses,
Les noirs, les gris, les blancs
De la voûte céleste
Me permettent de ressentir
La gratitude,
Si l'harmonie de couleurs
De formes et d'odeurs
Que déploie mon jardin
Me procure des émotions nobles,
Si cueillir les doux mouvements
De vie
Des oiseaux, arbres et fleurs
Sublime l'éphémère,

Alors,

Ce temps… *sans…*

Suspendu,
Infini,
M'aura dévoilé l'intensité
De mes désirs,
De ma fantaisie,
De la poésie
Et
Reconnaissante,
Je balbutierai mais à qui ?
Ce mot béni :
« Merci ».

9 mai 2020

Feuille de lupin

Calice
Retient
Avec délice
Les gouttes de pluie
Argentée

Temps défunt

Musarder le nez au vent,
Revoir mes petits-enfants,
Marcher au bord du marais
Sans papiers d'identité,
Aller faire une prière
Sur la tombe de ma mère,
Cueillir un bouquet de fleurs
Sans me soucier de l'heure,
Imaginer les festins
De tous les « *dimanche prochain* »...

Il m'est permis d'espérer
Puisque ce temps est passé,
Celui d'être confinés.
Encore une fois pourtant,
Appliquée comme une enfant,
Je signe la dérogation,
L'ultime autorisation,
Ce geste d'un fol ennui.

C'est bientôt fini...

Encore une fois pourtant
Avant d'aller dans les champs
Pour cueillir des marguerites
Des grandes et des petites
Afin d'en faire un bouquet
Et le salon décorer
Je prépare mon stylo
Et je note quelques mots.

Je me sens toute joyeuse.
Du pré je reviens heureuse.
La nature et sa beauté
M'ont tellement réconfortée.
Sans elles qu'aurais-je fait ?

Il me reste également
À vénérer le jardin.
Généreux comme un câlin,
Devenu mon confident,
Au fil des jours des semaines,
Il a écouté mes peines,
Et j'ai ressenti, sereine,
Le plaisir de le choyer.

10 mai 2020

Songe nocturne

La lune d'or et dodue

Brille nimbée de mystère

Sur le jardin endormi.

Ses plumes sont accrochées

À la voute de mes rêves

Et j'écoute captivée

Le chant de la nuit bleutée

Qui me parle de la vie.

Liberté chérie

L
i
b
e
r
t
é

c
h
é
r
i
e

e
n
f
i
n

t
e

v
o
i
c
i

Épilogue

C'est fini.

Les portes s'ouvrent, les musées, le ciel, et l'avenir aussi.

C'est fini, mais ce ne sera jamais plus comme avant.

Ce cauchemar a fait son nid dans mon cœur, où il a creusé les sillons d'une nuit menaçante et indéfinie.

J'ai mis mes chagrins dans mes poches et puis des fleurs par-dessus.

Maintenant, je reprends pleine d'espoir, mais un peu ahurie, le chemin de ma vie.

Non, ce ne sera jamais plus tout à fait comme avant.

Et puis, je l'ai compris au cours de ce parcours étrange et lui-même me l'a dit :

Le temps est dans mes gestes
Avec eux il s'enfuit…

Table des matières

Plumes de lune 13
Une brève histoire du temps 15
Planète hors d'âge 17
Petite musaraigne 20
Devenir souvenir… 21
À mes fées buissonnières 24
Brouillis Fouillis 26
Pâquerette 28
Cœur de fourmi 29
Destin épargné 31
Vent fou 34
Merle 36
Douce nuit 37
Légèreté 40
Délicatesse 42
Rouge-gorge 45
Racines 46
Éphémère 48
Peau de chagrin 50
Ancolie 51
Jardin coquin 52
Mirage 54

Au marché.. 56
Tamaris 58
Muguet.. 59
Le mur 61
Moment... 63
Deux grives.. 65
Bal étrange.. 66
Chaos nocturne 68
Pigeon ramier.. 69
Le souffle des mots 70
Les ténébreuses... 72
Lignes brisées 73
Pleur d'étoile... 74
Un deux trois… soleil ! 75
Gratitude 77
Feuille de lupin 79
Temps défunt 80
Songe nocturne 82
Liberté chérie.. 83

FSC
www.fsc.org

PEFC
www.pefc-france.org

Imprimé en France
Achevé d'imprimer en mai 2023
Dépôt légal : mars 2023

Pour

Le Lys Bleu Éditions
40, rue du Louvre
75001 Paris